深雨浅霜

杨凯思 / 著

九 州 出 版 社
JIUZHOUPRESS

图书在版编目（CIP）数据

深雨浅霜 / 杨凯思著. -- 北京：九州出版社，
2025. 5. -- ISBN 978-7-5225-3929-4

Ⅰ．I227

中国国家版本馆CIP数据核字第2025B3E415号

深雨浅霜

作　　者	杨凯思　著	
责任编辑：	王丽丽	
出版发行	九州出版社	
地　　址	北京市西城区阜外大街甲35号(100037)	
发行电话	(010)68992190/2/3/5/6	
网　　址	www.jiuzhoupress.com	
电子信箱	jiuzhou@jiuzhoupress.com	
印　　刷	三河市嵩川印刷有限公司	
开　　本	880毫米×1230毫米	32开
印　　张	4	
字　　数	115千字	
版　　次	2025年6月第1版	
印　　次	2025年6月第1次印刷	
书　　号	ISBN 978-7-5225-3929-4	
定　　价	58.00元	

序

千里婵娟，风雨兴焉；春秋万代，日月和焉。北港戚戚，玄英落矣，南海泱泱，草木芳矣。天时不相合，江山道亦阻；九派渡云川，琼花共银竹；倏倏囚碧虚，裦裦见苍狗；萍水尽袘乡，天涯归两处；举路不逢春，万壑争流崖；满庭流水意，知是故人蹰；明月照君身，何惧相思苦。

慕君千百余地，执笔再停，弗我意，止林薮踟躇。拜君之所见，每言笑风流，其言愈善，其意愈合，我与君愈相识相通谁料。始识珠玑而遍历圣人言，莫不高山流水，音声相和。如临尧舜，如沐甘草。昔苏子携友，观赤壁，怀苍古，曰："物与我皆无尽也"，是也矣。

今与君共议，不必乘奔御风，亦免舟车劳顿之苦。时言"八百里加急押运"，止安逸闲谈，博一笑尔。然举路无处去，天下何人知？稚不识天地茫茫远，鹏举九万里，寰宇间与蜉蝣者何如？妄论不负苍天，少年时风发泉涌，又见奔波狼狈，我叹昔人时，昔人莫不悯人如是。一如兰亭芳下，右军叹曰："后之视今，亦犹今之视昔。"求学问道皆懵懂，弃卷不谈。再忆悲夫悲夫！故庄与苏子何异，兰亭共子安何异？倘蜩与鲲与学鸠一梦成空，则千古青简、封侯挂相与我何异？与君叹世间如梦，而梦深时无君无我，方知尧舜去矣，苍天负矣，梦蝶斯人不见，千百载悠悠皆流水东去。睡觉四顾，止君一人。

是言，

玄英落处，长赢芳木，千里滔滔归户。

望京师，愁翻苦，左迁成疾数。

他年风雨，甲辰薄暮，流转岭南皆蠹。

将孟冬，君去时，鸣蜩悠悠路。

时与命，须天付，重华诉。

青莲词见，少陵吞声哭。

晚辈学浅才疏，惶恐不得，以君恣意，忘余生悲苦，携手同游。非曰子，非论道，非徐徐肩担，非坐叹苍苍。莫谈明事，无望祂生，如乘风去，共水长平，喜怒哀乐皆自由。

后生清源敬赠杨凯思（笔名叶思白），奉笔时秋

自序

人做事的时候不要老后悔，因为知道后悔的时候已经来不及了。

深圳，一个难得凉爽的早晨，从气温来说，终于有了几分秋意，但比北方还是差远了。我（很不幸）走在"上早八"的路上，带着空荡荡的书包和大脑，姑且想出了开头那句废话。

本来只是没头没尾的一个冷幽默：后悔的时候当然已经来不及了，若还可以弥补，又怎么称得上后悔？然而仔细寻思，我会想到这句话也确有几分道理，因为我至今的二十余年人生，总走在后悔的路上，却又喜欢故作洒脱地说"没什么可后悔的"。

没什么可后悔的。因为如果还来得及，就应该去弥补，而非把不可逆的时间浪费在后悔上；如果已经来不及，那么后悔也无济于事，不如吸取教训，做好下一步的事。然而也有这样的说法：人仅仅是记忆的总和，时间仅仅是记忆的堆叠。那么想来追忆往昔、悔不当初，也总是人不可避免的宿命了？

我确实又总在后悔。譬如最近的一次，毕业论文的选题甫一提交，我就开始觉得这个选题不好，顿时开始后悔自己写得太过仓促，又忍不住惶恐将来该如何做研究。再早些时候，后悔自己没给一次线上面试打好草稿，以至于回答问题有些磕巴。我至今还记得小学时认错人的尴尬，如今想起还懊恼自己怎么愚蠢至此。我也记得曾经借了同学的钱没有还，那份愧疚至今时不时刺一下我的心脏。

当然，我可以自我安慰：都是过去时了，和我无忧无虑（除去后悔以外）的童年生活一去不复还了，曾经的罪过都随着 18 岁生日的到来一笔勾销。我是个成年人了。然而成年人也总免不了犯错和后悔。我至今没有学会如何同它们和解，我只是习惯了它们的存在，越发熟练了为自己开脱——或者说，逃避——的方法。

逃避现实的去处是哪儿呢？自然就是非现实的。所以我往往热衷于幻想、虚构，读多了小说，自己也想编几个字，这就成了我写作的开端。我创造出一个个仅存在于我脑海的世界，一头扎进去，有时甚至信以为真。在幻想的世界里，我简直是个神灵，至少也是个通神的祭司，咿咿呀呀地吟唱——于是事就成了。我将我的理想赋予我的人物们，也将我的遗憾赋予伊们；既借伊们之口高歌我所爱的，也借伊们之口怒斥我所恨的。于是故事就成了。

除去有些荒谬和天马行空的虚构以外，我还有一个去处，那就是历史。说来又有些好笑，逃避对过去的后悔的办法，原来是去往更久远的过去，那些与我、与我当下生活的时代无关的过去。从诸子百家，至唐诗宋词，至明制文化，甚而远至西方的古典时期。或许正是因为太过久远，曾经鲜活的人生被铺展为一段段失去了时间概念的故事，以至于我可以将那些真实也视作虚构，看作镜中花、水中月。我笑过李太白的痴狂，调侃过徐少湖的谄媚，讥讽过萨列里的谣言。然而历史的重量总是恰到好处地压下来，提醒我：那些人曾真实活过，那些事曾真实发生过。历史不是海市蜃楼，而是一排排望不到头的墓石碑铭。所以我也哭过、伤过、感叹过，也试过在汪洋般的史料里寻找客观和真相。我自这片绵延几千年的墓地中走过，摩挲着一个个被镀金或被掩埋的名字。

如此便可以理解，为何我写的东西，往往要么是虚构，要么是怀古，这其实是我为自己精神上的娱乐和满足所寻找的家乡。然而相比较同样热衷于此的诸位同好们，我有个坏习惯，就是不爱改稿。这并非是因为我自诩有一口气写出佳作的才学，而恰恰是因为写得不好——不堪回首。而对于满意的、受欢迎的作品，我向来是不惮于一遍遍反复欣赏，顺便修改几个错字的。究其根源，我想还是自负二字。因为自视甚高，总以为自己能写出什么惊世佳作来，一读才知道，原来是惊世烂作。一字字读去，一字字都不合意；一句句读去，一句句都不通顺。于是干脆不读、不改，省去了自负——懊恼——自卑的步骤。所以，我很佩服能改稿的人，这些人面对了自己犯下的过错，还知道如何纠正，而不至于整座堡垒都轰然崩塌，真是才高又坚强之人。想来我若有这样的能力，也不至于总沉浸在那一段段鸡毛蒜皮的悔不当初之中了。

有时我也会想——古人会后悔吗？答案不言自明，或也算是一种安慰。那虚构的人物会后悔吗？这就取决于我了。然而虚构中的后悔，终究是与我无关的，甚至要成为我自娱自乐的一部分。这是我身为造物者的傲慢。那么对于我，对于历史而言，也存在着这样一个神灵——或是神灵的祭司，在见证、欣赏、品味着我们的后悔吗？亘古不变、见证岁月的东西肯定是存在的，比如诗词的常客：月亮。比如宇宙，比如地球本身。

那即便为了不让这高高在上的神灵得偿所愿，我也有理由要免于后悔。至少，给自己多找些开脱的借口吧。

就拿这部集子的标题来说。家母、朋友、出版方都帮我想过不少漂亮的题目，其中有些，或也可以和雅韵古籍相媲美了。然而我空荡荡的脑子一激灵，想，文人雅士，往往以自己所居之处为文集命名，比如李太白的《草堂集》，徐存斋的《世经堂集》，这二人都是我很喜爱和欣赏的。于是拍拍脑门，我的文集，也应当以我的住处命名！我住哪儿呢？哦，原来是学校宿舍。若是以学校的名字命名，不免有招生办的嫌疑。那就干脆以楼号、宿舍号命名吧，这样读者（倘若有）见了，也看不出是什么学校；这种命名方式之新颖，也未见得不算一种大俗近雅。

　　然而名字定下了，我又开始犹疑：这名字是否太过随意了呢？谁会喜欢这样一个奇怪的名字？即便有人喜欢，抱着有趣的心态来读，却发现其内容是何其无趣，岂非叫人失望吗？唉，后悔不及，后悔不及。

　　那就想想借口吧。根本没人会看到，更不会在意——不错，少点自卑就好了。这名字足够特立独行——却不知是鹤立鸡群，还是相形见绌。高兴就好，别想那么多，又没犯法——真是谢谢您嘞。

　　于是戏作序曰：

　　文人雅趣，我自知不能及。然大俗大乐之事，浸淫二十余载，自诩晓之。虽欲故作清醒，以所居之处题名，然终究不当其位，我既无有一支生花笔，我居亦未有一脱俗名。遂从古人笔下借来风雅，但愿一睹其妙。《深雨浅霜》取明人《秋海棠》诗"胭脂涨腻深沾雨，琥珀圆明浅带霜"句，亦未尝不是私心。倘百年之后，幸留敝名，再为陋居题一雅称，则此集或可改名矣。

　　唉，写到结尾，又觉得这篇序写得不好，满篇废话。罢了，罢了。落子无悔，时不复来。

2024 年 10 月

目录

现代诗

一 秩......3

呼 唤......6

不要问......9

别无他想......11

海市蜃楼......13

梦 里......16

也......18

离 别......19

傲 慢......20

我的月亮......22

我的梦......24

袇 26

看 戏 28

伊卡洛斯之死 29

小小的梦 33

古体诗词

鹊踏枝 37

卜算子·湖畔秋 38

桂枝香·南科怀古 39

钗头凤 40

清平乐 41

行香子·与白水居士夜谈 42

夜思二首 43

伞非雨 45

酬青冥古朗月行 46

君不见 48

题梅竹入雪图 50

逆 旅 51

青山诗 52

芳草息息 ………………………………………… 54

别斋中诸友 ……………………………………… 55

怀赵文肃公 ……………………………………… 56

悲来乎 …………………………………………… 57

昔日别 …………………………………………… 58

付平生 …………………………………………… 59

夜　游 …………………………………………… 60

昼梦游华山 ……………………………………… 61

晨　起 …………………………………………… 62

读史记伍子胥列传 ……………………………… 63

诗　嘲 …………………………………………… 64

读周白书忆李白 ………………………………… 65

佳　人 …………………………………………… 66

观《长安三万里》二首 ………………………… 67

七绝二首 ………………………………………… 68

相思三首 ………………………………………… 69

独坐二首 ………………………………………… 70

诗二首 …………………………………………… 71

深雨浅霜

散　文

背景资料...75

普希金与萨列里...78

无可预料的事...89

回　归...100

现代诗

一　秩

或披温凉的秋霜

或携夏日的暖阳

四海奔赴一场相聚一堂

共逐时光

也会忍不住回想

也会回过头张望

曾走过的旅途是否豪赌

为何在此停驻

年轻就该全力以赴奔跑

管他是否看似太张扬

曾经冷眼目光　批判喧嚷

皆化作力量

一秩十年是否太匆忙

总胜过太早沧桑

看遍山河万象

却同尘和光

图书馆熄灭灯光

梦想浸润了纸张

子夜下的希望

举首仰望啸一生疏狂

年轻就该全力以赴奔跑

管他是否看似太张扬

曾经冷眼目光 批判喧嚷

皆化作力量

一秩十年是否太匆忙

总胜过太早沧桑

看遍山河万象

却同尘和光

年轻就该自由自在翱翔

鹏鸟同风扶摇上云霄

什么与世浮沉

一张缚网皆难掩锋芒

呼　唤

在那如墨水翻倒的夜里，

我听到海在呼唤；

悬浮着细小水珠的空气里，

沉默的海在呼唤。

那是一个静谧的夜，

海面如纸平展。

没有风声，没有骤雨，

没有绸缎般的浪花，

没有山峰般的潮水。

平铺开的巨大纸张，

又如深渊般的海面，

沉默、安静、睡着了的巨兽，

用均匀细微的呼吸诱我靠近。

大海，我知道你。

洋盆、海沟、中脊，

洋流、台风、漩涡，

海底的沉积物和断裂带。

你是一头神秘强大的怪物，

藏下了幻想、恐惧和依赖；

你是生命的摇篮，

喜怒无常的母亲。

你是诗、是远方、是未知，

是冒险和恐怖故事永不缺席的一笔，

是孕育风暴的卵，

吞没船只就像冲走沙砾。

我数着你岸边吹的风，

你的涨潮和落潮，

空中盘旋的雨燕，

和黑色的岩石；

我想着你的怒火，

巨浪、海啸和暴风雨。

在那样压抑的黑夜里，

我想应该是风雨欲来，

你用温顺作诱饵，

要将无知的猎物一口吞下。

我幻想、恐惧并喜悦，

因你的宁静总预示更大的不祥。

我说：

快来吧！让我如身在梦中。

我说：

我来了！因你遥远的呼唤。

海只是沉默，水波不兴，

城市的倒影仿若无人之地。

不要问

不要问一片风中的落叶：

你想去哪里？

不要问一个流浪的旅人：

你愿做什么？

自蓐收眷顾过的花园而始

告别了折断的枝

撼动过不移的地

辞去，我的故乡凋敝。

我驾御了十五日而止的风

捧碎拘于器型的瑚琏

重经旧地被弹上墨线

饮下月亮，却学不会思念。

我也曾停留，那时风正轻柔

学着蝴蝶扇动翅膀

去亲吻一朵花的芳香

然后风起，又是别离。

我急着赶路，不知远向何方

我的同伴纷纷没入泥土

我想，这还不是终点

可是风又停歇，止步不前。

天之苍苍，其正色邪？

风声朗朗，若何之也。

我抢榆枋而止，却也背负青天。

我挥别的故园，仍牵着风筝线。

你问：你想去哪里？

答曰：风所到之处。

你问：你愿做什么？

答曰：我已无所愿。

别无他想

从今天起做一株别无他想的草，

扎根、生长，和春天微微的风舞蹈。

不去羡艳玫瑰的芳华，

不去攀附松柏的坚韧。

不必要人来撷去相赠美人，

不必要寒冬铸就铁骨钢筋。

也不必去想泥土的松软芳香，

其余同类又生长得多么招摇。

为扎根而扎根，为抽芽而抽芽，

把自己圈成一个柔软的爱心形状，

向夕阳挥手送别，同新月沐一场清浴。

如若还有愿景，

那便是等一个星光璀璨的子夜，

梳理好枯黄败叶，

新的根会汲取我的汁液。

他们在风中耳语：

哦，这里曾有一株别无他想的草。

海市蜃楼

若沙漠里忽然现出绿洲，

如何让人置信；

若草原上露出一片湖泊，

无人有所怀疑。

此地，百年来，早被黄沙覆盖，

过去的辉煌尽数掩埋；

如今望见新绿的生机，

岂知不是海市蜃楼的诡计？

他们说，那片恶魔之地，

永远贫瘠的沙漠而已；

他们说，那是人间温柔，

神明赐予的希冀；

他们说，幻影不足为信，

一触即碎的泡沫而已；

他们说，眼见可以为实，

却并非所谓神迹……

他们憎恨、贬低、踩入谷底；

他们虔诚、敬仰、视若天意。

不敢憎恨，又不屑虔诚的，

彷徨其间，自诩真理。

我陷入恐惧，只因

烈日下流淌着清泉，

沙漠里望见了天境。

我回想起

曾驰骋草原的日子：

连天的碧草，映青了白云。

树荫下打盹，

溪渠里流觞；

挥袖一洗清风，举杯痛饮狂放。

但凡见者、识者，

无不倾慕向往，

更不必有所彷徨。

毋庸置疑的是：

此番是幻是真？

若我仍在草原，是否

就不必恐慌？

高歌称颂着美好，

自傲地挺起胸膛。

而我今在沙漠，是我

厌倦了已然看遍的风景？

是我

畏惧了众口一致的盲目？

是否

沉溺在如履薄冰的迷茫？

是否

注定挣扎于

那被遗忘的辉煌？

梦　里

梦里，我闯入太虚

用肉眼去辨清浊

两脚踩着黄土

头顶撑着青天

硬要将混沌一撕两半

终于被寒风春水摧垮

被日月的光芒感化

在繁星的低语中沉沉睡去

两膝抱着彩云

额头枕着群山

忘记了一切执着、不甘

舍弃了一切怠惰、自满

比奋翅的大鹏更漂泊

比御风的列子更散漫

然后梦醒

我忽然想起恐惧

那浩瀚的一无所有

那依偎的水火不容

他们都彼此相洽

只有我永远

是不合时宜的来客

也

一滴水也干涸的大海，

一粒沙也飘散的荒漠，

一棵草也枯死的森林，

一束光也破碎的白天。

那是没有落叶也没有霜的秋，

大雁也呆若木鸡。

就连感伤也匿无踪迹，

无病呻吟也凝结成冰。

离　别

这世上总是多离别

于是惋惜，一切的消逝

金钱、青春、生命——

和与你共度的时间

在离别面前，

谁能不患得患失？

这词本身已揭示了

所失之物的价值

一个我不舍得的梦

夏天也因而添了哀愁

失却一个、就失却所有

我惦念和你的吻别

请留我一滴，时间之河的水

傲　慢

让我光明正大地傲慢

鼻孔偏要朝着天开

让我痛骂那靠岸的浪花

只装出脆弱的漂亮

我也想做一只天狗

干脆吃掉潮汐力的源头

把月亮叼在牙齿间

碾碎了咬碎了吞掉

连同大海深处的洪流巨浪

一起消灭干净

我要仰天长啸

巍峨的五岳也不过脚下祥云

我不要什么三雅的酒杯

深海就是我的酒缸

我要狂歌、痛饮、烂醉如泥

躺在空荡荡的海床上打滚

到那时

整片天空都是我的领土

我的月亮

我也曾坐在月光下写诗

笼子里的乌鸦

星轨、天上的鲸鱼

编织成一张捞月网

后来我爱上另一个世界

望着他们，惆怅

笔尖戳破人偶师的皮囊

给井底的青蛙画个月亮

于是我与自己厮杀

想寻找归路却已不得

我在风与雷的絮语中游荡

月亮就被大海埋葬

我的月亮，我呼唤
从未属于我的月亮
想要去打捞
早已不见踪影

我的月亮去了哪里
等不经意间路过海滩
它也许就在贝壳里

我的梦

我的梦早已结束。

在我开始做梦之前，

在我能够思想之前，

早已落定了结局。

我所追逐的，

不过一片零落的幻影；

我所拥抱的，

不过一道绚烂的余晖；

他们从年少轻狂，

走向老病缠身，

终于告别了生的苦难。

却留给我一束无望的爱，

墓碑上的名字都作饮鸩止渴。

我走着你走过的路，

想着你也在这里生活过，

或许和我为同一片景色驻足，

隔着岁月我扯住你衣角。

但我又如此明了，

你踏过的河流已经不返，

与你有关的一切，

都停留在时间那端。

你永远成为我的一场梦，

我从阁楼上眺望的断章。

我徒劳地呼唤，

你仍自顾自安。

祂

如何描绘神？

是祂威严穆肃的面容

还是手中修长的权杖？

是祂一尘不染的衣袍

还是吹奏圣乐的天使？

是祂伸出救赎凡人

那创世的双手？

是祂惩戒人间罪行

那震怒的双眼？

是极尽笔触去描绘圣殿的壮丽恢宏？

是枯竭天才去勾勒衣角的繁复华美？

你们教导我祂的无上神圣

给我形容祂如何降临尘世

那震怒的一日

那痛哭的一日

那人类无以参悟、无以陈述的一日。

我眼角流下两行泪水

却不为所动

我不相信祂的存在——

一个荒诞的谎言。

祂却并不显露威容

而只是给我

一束光。

看　戏

刀尖燃着烈火刺穿

绞刑架上绷紧了绳索

围观的人们拍手大叫

庆幸自己不必登台

平庸即是最好的免罪牌

意欲莫须有，只留给天才

喟叹着，唏嘘着，嘲弄着

反正都是别人的灾

几滴泪又值什么钱

愤恨难平，也只是一厢情愿

你说他们将人肆意打量

你又有何不同

伊卡洛斯之死

他们说，不要去挑战天空

那高高在上的天空，

冷漠地俯视着人间的一切。

他们说，你生来带着你父亲的罪

你世世代代，从最初使用火的祖先开始

永不磨灭的罪孽。

然而我既有这羽毛，

由我亲手收集的羽毛，

粘合成的翅膀。

然而我既痛恨这囚牢的土地，

痛恨那施以我不公的天空，

也痛恨那遥不可及的自由。

请容我披上翅膀。

请容我离开这本不接纳我的人间。

请容我向死亡立下战书，

说：天空、诸神，都有死去的那一天。

他展翅飞向天空，

以他全部的力量与勇气，

以他愚钝笨拙的躯体。

他决心宽恕自己的罪，

不求神来垂怜，

是他来赦免一切可悲的罪。

他用嘶哑的喉吼叫着，

用浑浊的眼仰望着，紧盯住，

他唯一耀眼的猎物。

太阳灼瞎了他的眼，

狂风堵住了他的喉，

天空压住他的身体，

不容他有片刻放松。

他只有奋力地挥舞翅膀，

直到全身都筋疲力竭，

一丝魔鬼的暗影攀上他的肩，

悄声细数他的罪孽。

你飞得太高，魔鬼说。

你的目的地太远，魔鬼说。

你憎恨天空，我也憎恨天空，

魔鬼说，我们同道而行。

——滚开。

这是他的悲鸣，

然后被魔鬼一口吞下。

魔鬼点燃了翅膀，

高高地飞向天空，

狂妄地俯瞰着人类国度。

我来替你挑战天空，杀死太阳，

魔鬼这样说。

我来成为新的天空，带来永恒的黑夜！

魔鬼这样说。

直到，它畏惧于太阳的温度，

慌忙地调转方向，

瞄准了不远处的小岛。

直到，它的翅膀四散飘落，

终于不再喋喋不休，

一头栽进幽深的大海。

直到，挑战天空的孩子，

他的一切荣耀都遭玷污，

他的一切希望都遭碾灭。

他们终于可以继续说，

有罪之人不要去挑战天空。

小小的梦

我有一个很小很小的梦，

世界只有一张桌子那么大。

说着不同语言文字的人打起招呼，

举手碰掉了对方的帽子。

小小的星挂在小小的天，

小小的幸福近在眼前。

花与草，虫与鸟，

人们听见的彼此的心跳，

都紧紧贴在天与地的怀抱。

你说我不切实际，

古人却有那么多不切实际的理想——

想登天，想揽月，

想千里不过弹指间，

想石头可以炼成金。

最后都得偿所愿。

可为什么有这样一个渺小的卑微的梦，

人们想了几千年，

还没有实现？

古体诗词

鹊踏枝

几缕新寒知木落。

都诉凄凉，谁作隆冬客？

细雪留痕鸿爪过。

门前闲犬游阡陌。

夜半才来寻陋舍。

路远山长，却取其中乐。

对饮且酹浇寂寞。

明年芳草君堪摘。

卜算子·湖畔秋

湖月照秋霜，

鱼跃飘萍响。

夜里浮生乃得闲，

人影微微荡。

忽似闻箫声，

又恍歌兰桨。

心向江山月与风，

未有闲人两。

桂枝香·南科怀古

琳恩望断，老树送西风，袅窕吹乱。

一水泠泠缠绕，九山丝缦。

月低露静寒遥夜，最寻常，仲冬昏倦。

只听帘雨，纷纷杳杳，似悲如叹。

乍醒破南园易换，问光景当年，今矣何见？

教改踌躇，曾许后生维翰。

却嫌疏雨遮不住，旧花飘落子规怨。

可知回首，蜩鸠笑尔，志枯碑烂。

钗头凤

燕风乱。南溟暖。别来长梦香炉晚。

红叶暮。银装素。满地霜露，不知来处。

误。误。误。

春秋短。朔朝漫。大年虚有微年叹。

天虽负。却风住。何奈蜩鸠，众生难渡。

勿。勿。勿。

清平乐

浓云薄暮，倦起迷昏昼。

山花才落成新酒，

故人曾醉几宿。

情深却作无言，百般心思谁堪。

残诗徒留半首，

空念梦里长安。

行香子·与白水居士夜谈

对饮谈贤，长夜无眠。

凭茶乳、口齿香残。

唐诗宋调，来拜谪仙。

问桃花潭、长安路、玉门关。

虽知故事，何妨一恼。

雨惊窗、风扰浮烟。

梦怀千古，归处同先。

愿不争人、不怨地、不惭天。

夜思二首

其 一

当年雪满长安路，鸡犬何能蚀金乌。

人生难得觅知己，别时饮罢击玉壶。

壮志苦无酬，寄身皆若浮。

笔墨存香既有意，今来莫悲花辞树。

麒麟虽死春风泣，逍遥犹有名者知。

月亦残如眉，月亦满金杯。

汶水不载相思诉，云海可为来日追。

其 二

人间有俊贤，弃置二八年。

为文不得意，捧书更无言。

固知先辈遣词句，琢磨苦吟乃成篇。

吾今呕血昼思夜，可堪巧人信手拈。

泪亦不足下，悲亦不足伤。

平生枉自负甚高，奈何所向心无方。

春秋有诗岂三百，千载相传如江海。

大夫笔墨存香草，遗芳清绮绕余台。

谪仙吞墨吐锦绣，诗圣三年两句得。

灰线伏延几千里，笔锋落处字字血。

才人各自领风骚，至此山横水断绝。

本不求名著，为文竟何成。

浮云在天不可及，蛟龙藏渊空长嗟。

鹿门何必有归期，且赴凡海身此歇。

伞非雨

　　南溟岸者，仲夏多雨之地也。时人号木叶子者，愚人也。居南溟岸，不善天文，而不问于人。故不知有雨，而不备伞；及备，则不雨矣。

　　是日，木叶子问雨。曰：否也。携伞而出，人皆异之。或问：今日不雨，安故备伞焉？曰：吾备伞则天不雨，劳一人以利天下，何不为也？

　　白曰：非也！杨子谓损一毫利天下而不与也，悉天下奉一身而不取也。今劳一身以利天下，岂非欲一身以取天下哉？

酬青冥古朗月行

思君白日里，遥寄山水长。

一心不可抵，聊托雁千行。

秋寒天已短，大雾远茫茫。

奋翅凭风起，昏沉迷四方。

上不接穹顶，下不倚平荒。

六龙亦回日，倏烁舞电光。

云鲸腾晦色，阊阖不复张。

遑遑失所与，但忆锦书囊。

茫然觉涕下，大梦忽已惊。

与君隔千里，书信无由达。

前日寄月来，惟君知我怀。

抱月并煮酒，闲愁销几杯。

君可登高山，我自凭流水。

天涯如邻比，声调犹相随。

世间多苦乐，岂烦野逸身。

无奈在尘网，但守此情真。

君不见

君不见须发未白先折腰，

欲向九天试比高。

乌鸟何尝识山水，

先与俗人作喧嚣。

我自仰天向天笑，

任去世人戏复嘲。

悲乎不吟还须笑，

安得灵君拟风骚。

君不见大道荒凉生杂草，

长河云卷同渭泾。

蛟龙久藏渊不名，

鲲鹏起翼无风冯。

山岳不行千万载，

一朝易改使人惊。

本非世俗荫下物，

奈何无人知本心。

知亦不足喜，

妄亦无所哀。

未愿濯足沧浪水，

毋使心念俱成灰。

夜半且尽杯。

题梅竹入雪图

天涯雪初霁，万物无声息。

忽觉疏叶响，朔风浮暗香。

竹劈一丈冷，梅傲三尺霜。

相偕在雪境，素光胜霓裳。

竹何破石冷？梅何立风霜？

白雪本高洁，君子乃引吭。

牡丹开败早，残菊亦飘亡。

无心生石上，安能受苍凉？

大道通荒径，行人多冷清。

但养梅竹志，期穷万里冰。

寒石著此根，白雪就此身。

愿为开僻路，不求登青云。

逆　旅

天地一逆旅，不能安此身。

浮生若长梦，醒时犹孤魂。

虫不攀霄汉，鱼不跃金门。

人命俱有时，谁能斩烛龙？

未能啖龙肉，莫道归去来。

胁下生两翼，不借青云梯。

吾欲叩阊阖，天门亦为开。

圣人皆死尽，大道可倾摧。

青山诗

我所思兮在青山

六月倾兮奔逸翰

何以遗我清露酒

何以报之冷婵娟

我所思兮在长安

人如花兮隔云端

何以遗我春风恨

何以报之白玉鞍

我所思兮流百川

驾长鲸兮钓沧澜

何以遗我白帝城

何以报之河上罥

我所思兮隐青山

中天摧兮抱霜还

何以遗我泉下土

何以报之石上寒

芳草息息

芳草息息，莫我思埤。

去乡弥远，庸知春期。

食以股糜，偎以寒衣。

我之怀矣，区无间离。

芳草凄凄，莫我思敝。

生匪谟士，时不堪迻。

僇之野赤，餔之寒食。

我之怀矣，自诒伊戚。

芳草希希，莫我思靡。

丧之将既，奚以为迪。

麒麟仰死，凤鸟暝仪。

我之怀矣，允艮允凄。

别斋中诸友

人生如流水，大梦时时惊。

杯盏几斟满，故旧多离情。

渭城何朝雨，雪上空留行。

难寄相思子，远去万里冰。

梁上光长许，杯中月为倾。

一杯饮千载，千载酒犹清。

莫嫌生苦短，愿为世上英。

故今舍身去，归期未可明。

结缘当如此，泣下不成声。

怀赵文肃公

铁马又围都，金戈错相逐。

薄压如土木，满堂不敢出。

惟公抱真论，春温复寒枯。

先有宋雄相，能上万言书。

后来明贞公，耻和城下盟。

一叱佞臣子，还怒首揆门。

孤身携劳赏，白马入将营。

散金若时雨，敌斥犹不闻。

归来复王命，反谪向遥途。

清风本如许，雪霁傲梅竹。

今人不解志，曲其待名沽。

虚与青云貌，高士亦流俗。

作此漫尘秽，不知人心何？

生难死未足，堪余几为哭。

悲来乎

世间万事皆如泥，吞入喉中化不去

我欲长啸求清白，却呕五脏混污土

休论天命有公道，歧路谁平布衣怒

悲来乎，悲来乎，长恨血流能几步

昔日别

昔时别诸友，壮志自舍身。

二年不觉久，一顾忽惊人。

草斋犹空立，故旧各投奔。

人生若流水，能得几回春？

老景已足厌，吾自报明春。

付平生

我生自北都，骜放向南溟。

南溟不如意，归墟渡蓬瀛。

海上击洪浪，一挥天地兴。

三才辉已并，五湖心不行。

世事犹多广，谦退岂甘情。

留连无尽藏，踽踽付平生。

夜 游

步入星门里，神出四海游。

当邀云与月，醉眠杯莫休。

既付天长久，还吟海空流。

凭风观自在，更与何人说。

昼梦游华山

龙剑落九霄，

犹欲较天高。

仙人登无奈，

梦里架长桥。

晨　起

晨起望天楼，岱宗不过犹。

平旦将攀树，落水照行舟。

一水流尽处，三山抱云浮。

山下人间地，来作神仙俦。

读史记伍子胥列传

谁谓申胥死佞臣，

谗言未有亦难伦。

吴僚冢下魂归处，

且问专诸为孰人？

诗　嘲

履冰睚眦望，安能渡沧浪。

却恨大鹏鸟，举翼蔽骄阳。

看山各成岭，云游非同方。

自心有感悟，何怨他人狂。

读周白书忆李白

读少陵"匡山读书处，头白好归来"，又念太白有《长相思》诗，余尝作残句言"长安相思不得安，匡山头白未归山"，窃自喜。今读周白之白书《那年李白三十整》，亦有匡山、长安之叹。为所感，乃更旧作，少续成诗。

少年也作强说愁，
今欲归去已白头。
长安那献明堂赋，
匡山不见读书楼。

佳　人

华亭有佳人，立在松水西。

湛然若冰玉，顾盼生虹霓。

谁恨不相见，可怜听鹤啼。

观《长安三万里》二首

其 一

新月新寒照戍人，

山高水长音难闻。

谁闲把酒问明月，

怕是芙蓉帐如春。

其 二

诗作来无味，空似花如香。

壮心未了却，为文只独伤。

也歌大鹏赋，也笑年少狂。

白驹奔一瞬，天地为彷徨。

七绝二首

其 一

造化上出三万丈，且向绝顶托此身。

浮云满目尽遮去，下闻飞鸟笑行人。

其 二

朔风清角寒光甲，金戈无悔入杀伐。

万里吹断相思苦，长安一夜飞柳花。

相思三首

其　一

所思不得见，遥住明月台。

借酒问何往？只在手中杯。

其　二

一片孤月酒一樽，院里枯枝时扣门。

疏影只落无人处，回首却是旧黄昏。

其　三

乌鸟总聒噪，高鸣秋风词。

我琴久未抚，谁作长相思。

独坐二首

其 一

独坐不觉冷，饮酒邀姮娥。

天人亦相聚，何求故人多？

秋瑟声恰好，寒蝉和长歌。

纵死杯应尽，莫嫌一杯浊。

其 二

天上一片月，月照两处山。

别来石已烂，独坐摧心肝。

河汉通万里，谁能架鹊桥？

天镜请怜我，归路是飘摇。

诗二首

其　一

我眠月将醒，见月若见卿

萧萧舞孤影，度度听漏声

长夜那堪酒，庚星才解情

愿赴鹊桥上，与尔江海倾

其　二

写罢情诗无用典，文君亦唱白头吟

挥别歌舞总思念，数尽风流多败身

沧海但怀一捧水，巫山舍却万丛云

谓今何故作格律，已许平生自在心

散文

背景资料

　　安东尼奥·萨列里（1750—1825）古典时期音乐家、歌剧作曲家、音乐教育家，出生于意大利的莱尼亚戈小镇，后得到作曲家弗洛里安·加斯曼的注意，被带到维也纳学习音乐，曾师从加斯曼、歌剧作曲家格鲁克、诗人梅塔斯塔西奥等人。

　　他继承了格鲁克的歌剧改革理念，传世的歌剧有四十余部。萨列里一生都在尝试新颖的歌剧题材和创作手法：在《阿尔米达》中，他开创性地使用序曲音乐表达了故事情节；他创作的《特洛夫尼奥洞穴》，是极为少见的以小调开场的喜歌剧；他在1788年为法国创作的《塔拉里》，宛如一场对于法国大革命的预言。或许是由于他身为定居维也纳的意大利人，他的音乐兼容了意、德、法三国风格，他本人也是最早一批创作德语歌剧的作曲家。著名音乐家沃尔夫冈·莫扎特在创作方面，也多有受到萨列里的影响：《费加罗的婚礼》明显受到了萨列里歌剧《烟囱工》的影响；感人涕下的《震怒之日》的旋律，实际上是对萨列里的一首感恩赞的致敬。

萨列里在维也纳受到神圣罗马帝国皇帝约瑟夫二世的欣赏，被任命为维也纳宫廷乐长，并延续终身。作为维也纳乐坛德高望重的管理者，他定期主办慈善音乐会，也是维也纳音乐学院的首任名誉校长。同时，他亦是一位伟大的音乐教育家，著名的贝多芬、舒伯特、李斯特等都曾跟随他学习。面对平民学生，他不收取教学费用，鼓励学生发挥自己的才华。可以说，无论从创作还是影响力上，他都是维也纳古典时期歌剧中不可忽视的一位音乐家。

然而，由于他和莫扎特曾经的共事和交际，以及身为意大利人逐渐遭到德意志文化的排斥，萨列里在晚年饱受谣言的困扰。谣言声称：莫扎特的早亡是被萨列里出于嫉妒而毒杀了。这个谣言尽管早就被确认是荒谬的，然而由于莫扎特的知名度，其传播范围和影响力都极大，时至今日，脱胎于这个谣言的艺术创作依然屡见不鲜。

　　将谣言升华为"艺术"的起点，是俄国诗人普希金的诗剧《莫扎特与萨列里》。在该作品中，诗人以其独特的风格描绘了萨列里嫉妒、毒害莫扎特的前因后果，掀起了巨大的反响，一度被视为真实。然而著者却从这部诗剧的措辞中，读出了些许反讽的意味，因而产生了这一篇拙作《普希金与萨列里》。

普希金与萨列里

安东尼奥·萨列里第一次品尝了烈酒。辛辣顷刻间填满了他的头颅，拉锯般撕扯着长期被糖分滋养的思想。他感到晕眩。他尝到腥甜和苦涩。他悲鸣着弯下身去，阻止这一切的办法只有继续用酒精浇灌，用痛苦撕裂痛苦。

这就是为什么，他只有在沃尔夫冈·阿马德乌斯·莫扎特的墓前，才敢于、才需要、才渴求一瓶连酒鬼也时常望而却步的烈酒。

萨列里所不知道的是，那土壤下并没有莫扎特的尸身——直到很久以后，人们再去寻也觅而不得——他不翼而飞，像是肉身都化给了乐谱上的符号，像是基督受难三天后的复活；他肉身死去，却在提琴颤动的弦音中、在管乐震动的气息中、在那灵巧的指挥棒上、在那优雅的高低音符上——他得以永生。

只要上帝有一日还听着乐音，莫扎特就仍是神的爱子。

……

人们很难想象，名扬四海的宫廷乐长会在一个阴沉的天气孤身上街游荡，手里还晃晃悠悠提着半瓶酒。他穿着平民的衣服，有意披头散发，修长的手指上还沾着墓园里落魄的污泥，和一个街头浪子看不出什么分别。没有人认出他来。

人群鼓动着丑陋的噪音，在缺乏光明的日子里，所有人看上去都像是灰白的素描画，面部则被潮湿的空气糊成一团。如果萨列里乱成一团的大脑能够从耳鸣中缓过劲来，他就会听到街头巷尾的议论，那是当下最炙手可热的话题——关于自己如何谋杀了莫扎特。

然而这些话并不——不堪入他的耳朵。他耳畔回响的只是一位天才临终前留下的安魂曲，燎烧他心脏的只是莫扎特为他落下的一个吻。

人们以为他因嫉妒而疯狂，其实不然。他的一切苦难只来自于爱。

……

"您在写作吗？"

"是的。请问您是？"

"一位无名的求教者罢了。您呢？"

"您可以称我为亚历山大。如果您不知道我的名字，为何要向我求教呢？"

"您在写作。我向任何创作者求教。但是请允许我道歉，我没有听说过您这样的作家。"

"我很愿意自称为一名诗人，诗人亚历山大·普希金。我想您也许读过一两首我的诗。"

"噢！您就是《莫扎特与萨列里》的作者。我才听人提起过。"

"那个？是的。只不过这部诗剧似乎引起了一些值得我恐惧的争议，我很少主动提起。"

"请您放心。我只是很好奇，您为何要这样创作？您，一位开创者、思想者、具有精神力量的人，难道也听信那不实的传言？"

"不，我并不相信。"

"那您为何——"

"亲爱的朋友，我是为什么而创作呢？"

"理应为了您自身。"

"那么我为了我所爱的文学，追求精妙的情节、复杂的人物、深刻的思想，将事实稍作改动，有何不可呢？我写的不是史书——即便是史书，也未尝没有因一人所好而歪曲历史的存在。"

"那么，为了伟大的音乐家，为了世人们的眼，您也该交给他们一个真实的故事。"

"为了别人！是的，作品写出来终究是要给人看的。那么我这样写就更无可指摘了。难道人们真的喜欢现实吗？阅读文学作品、观看戏剧，不就是为了能在片刻光阴里离开现实吗？

观众并不在乎萨列里究竟有没有在杯子里放那颗毒药，他们自己也不相信萨列里会谋害莫扎特。一位闻名世界的音乐大师——欧洲还没有那么快忘记曾经对萨列里的赞颂——毒杀一位穷苦落魄的天才！谁会相信这种故事！

但是！你一定是没有看到！"

"看到什么？"

"剧院里的人山人海，攒动的人头，各式各样的假发或光头。贵妇、小姐、老爷、少爷，仆人、看守、诗人、音乐家、学者，商贩、理发师、酒店老板、工人、乞丐、流浪儿……都混在一处互相推搡。你踩掉我的鞋子，我刮掉他的帽子，谁趁机当了回扒手；这是一场盛况。正因为故事有两位观众们耳熟能详的主角，人们才更乐意看到这样的'秘史'。啊，他们简直要到狂热的地步了，毕竟这样的故事在那个时代不常见。"

"正是因为它太受欢迎，大师，正因为您这部剧的演出，萨列里才成了无辜的罪人，而您只是在向我炫耀您的成功。"

"不，你还没有明白。"

"是的，我不明白。"

"人们并不因此而讨厌萨列里，相反，人们很喜欢他，也喜欢扮演他的那位演员——那是剧院里最好的一位。他们也喜欢我在作品里刻画的形象，简直太让人同情却又费解了。人们也并不因此而格外喜爱莫扎特——我是指为人方面——毕竟他的生活作风，一直受到人们的诟病。"

"为什么？我是指，为什么你说人们喜爱萨列里？"

"我想这并不难理解，正如你为什么会对他感兴趣？因为共鸣。人们从我给他们的角色身上，看到了凡人的不甘与命运的嘲弄，而这都是他们正在经历的。想杀死莫扎特的是萨列里吗？萨列里只是我在作品中托付了所有人期许的一个化身，是观众想看到莫扎特被杀死，被一个和自己一样、又非自己的庸才杀死，因为他们正是羡慕其才华而厌恶其为人的庸才。

啊，我又说得绝对了，创作有时候正需要一点偏激。自然也有很大一部分局外人对此别无他想，他们只是来看一出好戏而已。正如他们年轻时追捧萨列里的歌剧，如今他们看到昔日的作者变成角色，昔日的大师化身反派。而曾被他们忽视的天才——莫扎特，终于绽放出无上的光辉，像太阳一般照亮所有人的心灵，给世界带来真正的'美'。这样角色反转的戏码，永不过时！"

"——所以诗人更应该带给他们真实，让他们清醒！"

"不！清醒的声音只会被淹没，连一点痕迹也留存不下。相反，也许你应该感谢我，否则那位大师更可能的结局是被永远埋葬在历史中：谣言终会平息，然而再没有人记得他的名字。

现在你也知道罪魁祸首了。早在我动笔写下这个故事的几十年前，谣言就已经在滋长。起初没有人相信，它太过滑稽可笑了，和博马舍给他人下毒一样荒诞无稽。但这个故事又太过吸引人，以至于总有爱好者反复回味，以此激荡自己胸中平庸灰暗的情感。然后，你会想要去从现实中找到蛛丝马迹，佐证这个故事、丰富这个故事，化为新的谈资。任何记录都成了毒杀传言的帮凶，因为人们只喜欢阅读和宣扬自己喜欢的东西。

于是人们翻出了莫扎特书信中对萨列里的'阴谋'的指责，却默契地无视他们之间存在的称赞与欣赏；他们轻易将《费加罗的婚礼》的难以上演，归咎于宫廷乐长暗中作梗，却不去细想其背后逻辑的匮乏；他们宁可相信贝多芬助手的埋怨，也不愿相信那位大师对自己曾经导师的担忧。啊，还有《唐璜》！由在剧院喝倒彩而联系到下毒杀人，本来是毫无根据的想法，事实上萨列里大师也未必真能作出这等行径，然而人们却对我将此事引来作为我故事的佐证深信不疑。这一切！不是因为他们多么无知和愚蠢，而是因为这些证据正中他们下怀：他们正需要这样的记载来巩固自己相信的故事。

是他们——是我们，我们所有人一起，毒死了莫扎特，绑架了萨列里，将他绑上凶手的座椅！"

"不！这——是扭曲、是纵容、是同流合污！您，精神的舞者、灵魂的画家，却望着人云亦云的庸人们装瞎！您的良心去了哪里？"

"我的朋友，您把我想得太坏了，就和后来的所有人一样。我终究是个诗人，诗人也该算半个音乐家，只不过我的谱子上写的是韵律与文字，乐器则是朗诵家的嗓子，或是每一双读到我诗句的眼睛。就算您再怎么不信，我终归能理解几分背负罪行的无辜者的心。如果说萨列里是第一个无罪的谋杀者，我正是那第二个无罪的诽谤家。

您不必流露出这副犹疑又悲悯的神情来。这样的目光早落在过萨列里身上。但我要向您澄清我的良心：我作为一个玩弄文字的仆人，不得不给故事添上谋杀的跌宕；但我作为一个音乐和历史的爱好者，我必不可给它同样肤浅的立意。您怎能肯定，世人的理解便是创作者的本意？我撰写着不实的故事，为的正是否定这样的不实，您难道没从我的文字里看出来？我歌颂两位音乐家的友谊，他们都承认对方是天才——只有对音乐和上帝崇敬过头的萨列里始终在自我否定。我抒写萨列里的虔诚、莫扎特的率真，我顺从谣言，却也竭尽全力让人们记住点那单薄、刻板的谣言之外的东西。难道看着这样的情感，您不会怀疑他们之间的矛盾，是否真如传言那样尖锐？

您是否也像诸多观众一样，对最重要的结束段落视而不见？您难道不明白我为何让萨列里想起伟大的米开朗琪罗？我明白他们为何读不懂、听不见我诗篇的尾音，因为他们正是那'迟钝的、无思想的群氓'。梵蒂冈的雕塑家当然不是杀人凶手，正如博马舍不是投毒的暴徒！正如——萨列里不是妒忌之人！天才与暴行，水火不容；从没有人否认萨列里的天才，除了他自己……"

"我确实从未这样想过您的作品，但您表达得也太隐晦了些。"

"因为那时候的人们还不该看出来这些，他们还得继续照着错误的谣言传说。否则——反转来得太快啦，人们会太早失去兴趣的。"

"直到 1954 年，还有人在考证莫扎特确否被萨列里毒死——一百六十三年，还没有反转过来，恐怕也太慢了吧？"

"人们喜欢反转，但故事总不能一帆风顺。到前一个传言垂垂老矣的时候，新的故事才应运而生，这总需要些时间。如今，那个时候已经到来，还相信着萨列里杀害莫扎特的人几乎看不见了，我也该写点更符合现在人们口味的东西——您要看看吗？"

"您——我还没有看完，可是，您都在写些什么呀！"

"其实与过去没什么不同，我依然在歌颂两位音乐家的情谊，只是不必披上符合时宜的外衣，因为人们现在都很喜欢这一点。不过，您可得看仔细些，也许还有另一个故事埋在底下，等着不知多久以后破土而出呢……

　　您要离开了吗，求教者？您也不必太担心自己的创作，毕竟，未来，谁说得准呢？我们当中很少出预言家。不过，在告别之前，请容许我提出一个无关创作的猜想：当所有人都是因为一段故事而看到他，世上就再也没有音乐家安东尼奥·萨列里。"

无可预料的事

　　无论我何时遇见他，他总是温和地笑着，向我打招呼。

　　我们大多数时候见面都是在周五的傍晚。我从学校穿过公园回家，他则照例在公园里散步。这个时候园里人很少，他会坐在小径边的长椅上，有时读书，有时只是静静地看着夕阳落下去，被地平线一点一点拥进怀里，然后天色一片黯淡。

　　他看见我，抬起手来招呼，一头棕色的卷发看起来比夕阳还要漂亮。

　　"晚上好，小弗朗茨。"

　　我也回礼，喊他"老爷子"，因为我认识的只是一个温和慈蔼的老人，眼里自然而然地带着几分虔诚和安宁，让我想起教堂里供奉的圣彼得像。

　　我曾把这个联想告诉他，开玩笑地唤他"圣人"。他皱起眉，严肃地制止了我。

　　所以我就只叫他"老爷子"。他说他有个学生也这样喊他。

　　我问："您是老师吗？"他想了想："啊，算是吧，至少现在，我除了教学生就不做什么了。"

　　我又问他是教什么的。"德语？最枯燥的拉丁语？还是讨人厌的算术？"

　　他说他是教音乐的。

　　我"啊"了一声，没有再问下去。

　　然后他就问我在学校里学什么？

　　我本来很讨厌这种话题，因为大人们永远会紧接着问：你的功课做完了吗？成绩怎么样？老师有没有夸你？校长找你谈过话吗？但凡我在强颜欢笑的时候有一丁点犹豫，他们就会摇头叹气，仿佛我是世上最堕落的恶人。但是我觉得老爷子肯定不会这么说。

　　于是我告诉他："我们学一些无聊又没用的东西，我一点也不喜欢学校，除了周五。"

　　他微笑着示意我说下去，于是我就解释："因为我们只有周五才被允许访问学校的藏书馆，那里有很多有趣的东西。事实上，就在我们见面前半个小时，我才刚刚从图书馆里出来。"

他对我关于学校的看法不置可否，但后半段他极为认同。他说："我小时候啊……也很喜欢看书，不过现在早不记得都读过些什么了，都怪我太爱忘事。"

他抿着嘴笑起来，好像品着舌尖上一点甜甜的糖果。我注意到他脸颊上陷下去一对浅浅的酒窝，"至少我还能要求学生们也多读点书，比如以前的小弗朗茨——啊，他和你同名——他总是做得很好，我就给他买冰激凌做奖励。"

那时候我太小了，根本不懂所谓谦虚谦让为何物，整个脑子一下被"冰激凌"那宝贵的三个字所吸引。我觉得自己的目光里带着羡慕和嫉妒："老爷子，我看的书可多啦，您也能奖励我冰激凌吗？"

让我怎么也无法预料、如今想来依然不可思议的是——那天晚上我确实捧着一只甜美可爱的冰激凌回了家。

我们每周都如约见面，一个狂妄的孩子，一个风趣的老人；从互不相识的路人，渐渐成了令人惊异的一对好友（或者师生，但他从不教我音乐，我也无心此道）。我会给他讲我们学了什么、藏书馆里又读到了什么书，甚至哪个孩子被退了学、谁又用恶作剧捉弄校长……他总是微笑着听完，趁着最后一点天光给我买一只冰激凌（他自己也有一只），然后我们一边吃着冷饮，一边看着夕阳沉下去。

有一次他对我说："你看我是不是也像夕阳一样了？"我想，他的眼是亮晶晶的、笑是甜丝丝的、头发是金灿灿的，也像夕阳一样温暖柔和。于是我用力点了点头。

我觉得他一定是天使，不然不会有那样温柔的光芒，更何况他还每周请我吃冰激凌。有时候我都觉得自己是否太幸运了，为何偏偏是我能遇见天使呢？

不过那段时间他似乎有些苦恼，虽然仍是笑着的，但总让我觉得他担忧着什么。我实在对音乐所知甚少，也无从猜测他忧从何来。事实上，我对音乐的了解只限于教堂里的唱诗班和有时听人传说的新闻。

　　那时候大家口口相传的故事很少，仅有的传闻便被反复提起，永远都有人津津乐道。当时闹得满城风雨的是一个在我看来俗套至极的故事：身居高位的宫廷乐长攀附贵族，出于嫉妒将无依无靠的天才音乐家迫害致死……那时，我一心试图以我浅薄的思想理解莎士比亚的著作，对此就毫无心思了。然而我父母却时常讨论，仿佛他们就在现场，眼看着大人物给可怜人下毒一样。每当他们发现我在听，又不约而同地收住话头，开始问我的功课。

　　我正在踌躇要不要率先开口问他为什么不高兴，因为我几乎从不打探他的事情：一方面，我对他人的私人生活就像对音乐一样毫不关心；另一方面，我觉得他的日子大约应该像其他的老人一样平静安详，唯一的区别可能只在于，他对甜食、阅读和音乐有着非同寻常的热爱。也许我该庆幸他首先扯起了话题，否则我可能真的要忍不住打探了。

　　他开口就问我："你知道最近城里的传言吗？"

　　我问："关于音乐家被迫害的那个？"

　　他似乎被我语气里的随意和鄙夷吓了一跳，犹豫了一下才答："是的。"

我耸耸肩："知道，但不怎么了解，也不感兴趣。"

顿了顿，我又忍不住反问："难道您也喜欢这种哗众取宠的东西吗？"

他似乎被狠狠地震了一下，好半天才回过神来。他叹出一口气，摸着我的头说："不喜欢，当然不喜欢。"

这样的日子发生改变是在下一年春天。有一次见面时，我发现他的眼睛红红的，像是哭过。但他一如既往微笑着向我问好。

我想起他之前跟我提过的传言，最近愈演愈烈了。我怕他还是因此困扰，就抱了他一下："您不用哭。"

他愣住，马上反应过来，忍俊不禁地摇头："我可没哭。只是人老了，眼睛就生病啦。"

我咬着指甲想了想："那您生病还能吃冰激凌吗？"

他故作惊奇地看着我："这种事情怎么可能阻碍我呢！"

之后的日子又回归了平静。他的眼疾很快恢复过来，只是腿脚又有些不好。但他说自己还是每天出来散步。我依然每周都能见到他。

我一直担心哪天突然他就不见了。但我没想到竟然是自己率先失约。那是个阴雨天气，学校的操练停了，学生们都挤在过道里、趴在窗边看雨，嘴里还叽叽喳喳的。班上有几个人聚在一起，其中一个正兴高采烈地讲故事，他的声音势不可挡地钻进我的耳朵里。

"你们懂音乐吗？我们都不懂吧？但是我有个表兄在剧院班子里学习，他爸爸以前还参演过《魔笛》——你们知道《魔笛》吗？我表兄说，这个剧的作者是被人毒死的……药下在酒里，一仰脖，人就死定啦。谁下的毒？当然是——嘘……是咱们的宫廷乐长——这个词真难念——他想继续在那个位置上待下去，就不能允许更好的音乐家出现……"

我只觉得吵闹，仿佛本能地讨厌这个故事。它又没有莎士比亚先生写的那些有趣。况且它是一个现实里发生的故事，如实地叙述当然是不可能的，然而哪怕有一点添油加醋，它都不再是事实，而应视为文学来看待……那这故事的创作者未免太过平庸烂俗。

但是所有人似乎都对此颇感兴趣。他们依然在喋喋不休，而听众却越来越多了。

我突然一阵无名火起，冲他们喊："别说了，吵死了！"

他们像看怪胎一样盯着我，仿佛难以置信竟有人对它如此反感。讲故事的人用凶狠的目光将我扫了一遍："不听就滚，别惹事。"

刹那间，脑海里天旋地转。当我意识到的时候，我们已经扭打在一起。他扯着我的衣服，我掐住了他的脖子。其他人乐呵呵地围在边上看。

结果是，我有三个月的时间被禁止参加任何集体活动（当然也包括去藏书馆，尽管没几个人愿意去），而且当天不得不被留校察看。

当我顶着书包淋雨跑到公园的时候，天已经黑透了，地又湿滑，我不得不小心翼翼地避免自己摔倒。雨水浸透了我的衣服，冷风一吹，我禁不住打颤，突然很后悔自己跟人打了架。

那之后的几个月里，却是他无影无踪了。也许下雨那天他来了，见我不在又失望地走了；也许当天他就没有来。但无论我怎么想，我都再也无处倾诉自己的想法，其中也包括失去了藏书馆资格的苦闷。而我偏偏又想起来，他手里时常夹着本书，封皮的花样时常变化。他家里大约也有很多书，也许我本可以向他借……

在各种思绪的混杂下，我几乎想指天大骂老爷子不守信用，又不禁惭愧自己也因为一时冲动而失了约；转而又想到，其实我们本来也没有什么约定，只是恰好两个人同时去了同一个地方而已。如今他不来了，我的日子还是照样地过。

三个月之后，我又突然见到了他。他像是刚从什么地方赶过来，满身疲惫，走路晃晃悠悠的，眼睛里也没有笑意。

这次我们没有多说什么，我也没想问他去干什么了。因为我刚刚重新回到了久违的藏书馆，还借了书出来，正赶着回家去读，只好半是愧疚半是不满地跟他嘟囔一句"不好意思"，语气连我自己听来都觉得生硬。然而他一句怨言也没有，甚至没有一丝不悦的神情。他看着我的时候，嘴角终于扯起一点笑影，低低地念叨："好，好。"说完他就转身独自往长椅走去。他要在那里一直坐到太阳落山，一个人待到光华散尽。

那是第一次，也是唯一一次，见面的时候，他没有像从前那样温温和和地笑，也没有冲我打招呼。因为自那以后，我再也没有见到他。

可是我会时常想起他，每次放学路过长椅，我都忍不住张望，可是他真的不见了。这样想念的日子大约过了有半年之久，我才迟钝地意识到自己竟然不知道他的名字，也从未了解他的生活。我从未那样准时地与一个人如约会面，但我却从不曾想着关心他什么。这样想的时候，我都觉得自己太过冷漠了，像块自私自利的石头一样，像做冰激凌的硬冰块一样。相比之下，记忆里的他却是如此地温暖。

不过他是谁呢？无所谓。来年开春时我几乎忘了他，只是在父母兴致勃勃地谈论"老乐长写下遗书，承认罪行后意欲自杀"之类的新闻时——他们注意到我在边上，又一次住了口——我会想起，有一个人为此事而困扰过，尽管我们同样地不屑一顾。

又是一年过去。这回我彻底忘了他了，日子正如往常一样地过。只是五月份的时候，我看见街头巷尾纷飞的讣告，又听见父母悄悄地聊天：老宫廷乐长，那个恶毒的庸才，终于给拖下地狱去啦。

可是，我永远也无法预料到的是：我从讣告的画像上，认出了像夕阳、糖果和冰激凌一样的老爷子。

回　归

——他走出迷惘，回到属于自己的未来。

他飞入一片迷雾里。

朦胧的、粘稠的雾气，黏住了他的眼皮、堵住了他的耳朵，将他困进一片模糊了视听的海，连思想也变得迟钝不堪。他想不起自己是为何而来，更记不清自己陷入迷雾前的样子，他只感到沉重——好像已获自由的飞鸟却被缚网缠住；一股无来由的失落在他的灵魂里奔涌，如同一个被挖掉的空洞。

他感知到身边有人影在晃——像是梦里会产生的直觉——人们在说话，人们在笑，人们的话题似乎与他有关，声音却传不到他耳中。他带着一种莫名的恐惧感想要逃离，于是议论纷纷的人们消失了，取而代之的是另一批人，怀里抱着许多奇形怪状的物品；有些物品太大太重，就由几个人抬着，再安置在地上。

这是在城市中吗？是一座宫殿，或是一片庭院？他在家乡吗？他在异乡吗？这是天堂的模样吗？这是地狱的景象吗？也许他是个孤身一人的魂灵，和任何人都无所联系，正漫无目的地在世间昏沉游荡？或许他正是那个早被遗忘的墓碑底下埋着的无名幽灵，不属于世界任何一个地方？

迷茫之中他突然意识到，有什么声音在迷雾里不知不觉地扩散开了。

音乐。

这个词汇带来一种细微的涌动，像是有什么扎根他心底的东西再一次破土而出；像是早已绝望的囚徒忽然看见了阳光，久经迷惘的信徒听见了上帝的召唤。他像第一次拥有听觉一般怔忪住了，即使是最轻微的音乐声，也足以让他枯萎已久的灵魂重获生机。

音乐。音乐。

轻柔，却坚定的音乐。它仿佛是从迷雾的每一个角落里渗透进来，它仿佛就是在描摹这雾气本身。它带着温暖的光芒融化了蒙住他的灰暗，仿佛缪斯牵住他的手，引他回到澄澈明亮的天空。

音乐继续飘荡，他终于摆脱了那种昏沉，张开双目，如获新生。他这才看清了身边的人影，那是一支编制不大的管弦乐团，演奏出的音乐却无比凝练、安详，仿佛触及天堂。

音乐在最终的庄严神圣中走向尾声，他情不自禁地想要鼓掌，却猛然意识到自己正站在指挥者的位置上，而台下的座席空无一人。接着，他身边的乐手们一个接一个地消失了，光明黯淡下来，他重新回到一种灰茫茫的境地。

但这次不同的是，他仍能听见音乐。议论纷纷的人们又一次来到他身边，他们的絮语像是一阵无孔不入的风，硬生生将他从音乐的余晖中剥离出来。他们呢喃着、耳语着、谈论着、嬉笑着、高喊着，他的名字在一次次重复中被念得愈发激昂，终于将最后一点微弱的音乐声掩盖了。

"萨列里……萨列里！"

混乱不堪的杂音包裹住他，就连最热闹的集市上也不会出现这样的景象。无数声呼唤，跨越了不同的时间与地域，都讲述着一个名为"萨列里"的故事。可憎、可悲或是凄美，这个名字被捏造成不同的形状，却没有一个故事属于真实的他。正是这些声音织成了浓雾，而他迷失其中。

"萨列里！"

一声与众不同的呼唤倏然刺穿了迷雾，萨列里感觉到那些议论逐渐离他远去，像是在快要溺亡之时被拉出水面。那个声音越发清晰。

"安东尼奥·萨列里！"

它听起来气息丰沛而充满活力，一下子撬动了他滞涩的灵魂。此刻他茫然却清醒，用尽了全身力气才找回发声的能力。

"这里是……"

四周又一次安静下来，只有风一样的呼呼声从耳畔刮过。那个声音不负所望地响起，带着一点玩笑的意味，却意外地有着让人安定的力量——就像之前的音乐："你可以安心的一点是，至少这里不是地狱。"

"那么，这里就是天堂吗？而您应该是天使先生了？”

　　“有些人可能会这样说，”那个声音的主人似乎想起什么，实实在在地笑出了声，那笑声中有一种莫名的熟悉感，萨列里甚至觉得自己心中也涌上了同样的快乐，“但我实在不敢如此自称。你可以称我为‘糖果盒先生’，当然这也是别人给我起的名字，它倒是更贴切一些。至于这里，你可以理解为，你正在去往天堂的路上。”

　　“那刚刚的音乐就是圣歌了？”

　　“不是的，”糖果盒先生像是一位教导学生的老师，有着极大的耐心去解答他的任何问题，“那是你自己的音乐。”萨列里还没来得及惊讶，他继续说：“这里并不像我们曾认为的‘天堂’那样，不，完全不一样。你不该……”

　　风声突然变得激烈起来，仿佛预示着一场风暴的来临，风中夹杂的低语也变得像是尖叫，震得人耳朵发痛。萨列里感觉自己的声音也要被淹没掉了，他甚至不知道糖果盒先生是否还在：“它们在说什么？”

　　他几乎分辨不出对方的回答，只能在成片的杂音中勉强寻找自己的出路。那尖啸着的风声令他感到恐惧，破碎的单词挤进他脑海里——

"凶手"

"杀人犯"

"庸人的守护神"

是在说他吗？溺毙的感觉又一次攀爬上来，如同挥之不去的梦魇。委屈、悲伤与绝望一同扼住他的咽喉，零碎的言语却胜过千刀万剐。他想要挣扎、想要逃离，却被巨大无力感逼得几乎要忍不住哽咽着向上帝忏悔——忏悔什么呢？

突然间，一种迥异的温暖紧紧包裹住了他，萨列里有些迟钝地意识到，那是一个拥抱。他终于如释重负地哭出来，糖果盒先生柔和的声音终于无比清晰地传达到他耳边。

"那些杂音——它们不属于你。每一颗灵魂都循着呼唤自己的声音才能找到通往天堂的路，那声音或许来自亲人、朋友、学生，或是仰慕着你的后人，但不是那些。那不是属于我们的声音。"

久违的温暖，似乎曾经也有过这样的怀抱，允许他作为一个未经成长的孩子去依靠；又或是曾有另一个孩子也像这样依靠过他。有很长的一段时间，萨列里一言未发，默默地享受着这个仿佛可以永远持续下去的拥抱。风依然在他身边呼啸着，然而，有些声音却连同他模糊的记忆一起变得鲜活起来了。

它们说："您不该遭受这些。"

它们说："我爱您。"

那些声音同样在风里，曾一度和杂音混同，如今则前所未有地壮大起来，交汇成清晰的主旋律。萨列里毫无预兆地松开了手臂，声音中却仿佛注入了一种新的活力，他释然地笑了："这些才是指引我们的声音。"

"还有音乐。"糖果盒先生用一种狡黠的语气补充道。

"啊，是的，还有音乐。"萨列里抬起手，明亮的音乐再一次充盈了这片空间——那些曾被遗忘的音符再度奏响，辉煌、昂扬，洋溢着欢快与欣喜。歌声和着音乐而起，两道同样悦耳婉转的声音组成默契的二重唱，一高一低地应和着。

萨列里已经完全想起了过去的事情——在来到这

里以前的人生，那些辉煌与落寞，病重时神志不清的
呓语和最后的圣餐。那些曾陪伴在他身边的人，那些
从他身边离去的人；那些他所爱的人，所有爱着他
的人。

乐音在尾声渐弱下去，留下一个韵味悠长的尾音。

"您确实是一位优秀的歌唱家。"萨列里由衷地
夸赞道。

糖果盒先生忍不住笑出了声："您也是一位很优
秀的作曲家，值得被世人所爱。"他停顿了片刻，"那
么，我也是时候退场啦。"

接着，他甚至没留给萨列里好好告别的机会，他
的声音就像是从风中凭空出现一样，又忽然落回永不
停息的风中。

但迷雾早已散尽了。